{ AMIZADE ZUMBI }

ESCOLHA SUA AVENTURA

AMIZADE ZUMBI

KEN McMURTRY

Tradução
Carolina Caires Coelho

1ª edição

Rio de Janeiro-RJ / Campinas-SP, 2014

VERUS
editora

Editora: Raïssa Castro
Coordenadora Editorial: Ana Paula Gomes
Copidesque: Anna Carolina G. de Souza
Revisão: Ana Paula Gomes
Capa e Ilustrações: Weberson Santiago
Assistente de Arte: Douglas Franchin
Projeto Gráfico: André S. Tavares da Silva

Título original: *Zombie Penpal*

ISBN: 978-85-7686-296-3

Verus Editora Ltda.
Rua Benedicto Aristides Ribeiro, 41, Jd. Santa Genebra II, Campinas/SP, 13084-753
Fone/Fax: (19) 3249-0001 | www.veruseditora.com.br

CIP-BRASIL. CATALOGAÇÃO NA FONTE
SINDICATO NACIONAL DOS EDITORES DE LIVROS, RJ

M429a

McMurtry, Ken
    Amizade zumbi / Ken McMurtry ; tradução Carolina Caires Coelho ; [ilustração Weberson Santiago]. - 1. ed. - Campinas, SP : Verus, 2014.
    il. ; 21 cm.   (Escolha sua Aventura ; 5)

    Tradução de: Zombie Penpal
    ISBN 978-85-7686-296-3

    1. Ficção infantojuvenil americana. I. Coelho, Carolina Caires. II. Santiago, Weberson, 1983-. III. Título. IV. Série.

13-06400   CDD: 028.5
                                                               CDU: 087.5

Revisado conforme o novo acordo ortográfico

Para Kaitlyn Ann Shannon,
que, com um ano de idade,
dominou o andar de zumbi

{ PRESTE ATENÇÃO E TOME CUIDADO! }

Este livro é diferente dos outros.

**Você e SÓ VOCÊ é responsável
pelo que acontece na história.**

Há perigos, escolhas, aventuras e consequências. VOCÊ deve usar os seus vários talentos e grande parte da sua enorme inteligência. A decisão errada pode acabar em tragédia — até em morte. Mas não se desespere! A qualquer momento, VOCÊ pode voltar atrás e tomar outra decisão, mudar o rumo da história e ter outro resultado.

Zumbis e seus *bokors* controladores, os talismãs e feitiços de proteção do vodu e o oculto se misturam no dia a dia de New Orleans. Você fica sabendo tudo sobre isso por meio de sua amiga Sam, com quem troca cartas. Mas então o Katrina chega e Sam para de escrever. Será que ela desapareceu durante as terríveis inundações causadas pelo furacão? Você tem certeza de que nunca vai descobrir até que uma aluna nova começa a estudar na sua escola. Ela lembra muito sua amiga. O nome dela é Rose, mas será que na verdade se trata de Sam? Você vai precisar ter cuidado para descobrir. Porque, se Rose for um zumbi, todos os envolvidos estarão em perigo...

Querido amigo,

Como você está? Comigo tudo bem. Meu nome é Samosa Rose Desjardine, mas meus amigos me chamam de Sam. Eu moro com a minha avó, a quem chamo de Mammaw, e vivemos em New Orleans, Louisiana. Estou no segundo ano da Escola Evergreen e nosso trabalho do semestre é aprender sobre outros estados. Eu escolhi o Maine. Consegui seu nome e endereço no clube de correspondência. E quero saber mais sobre você e o seu estado. Há um monte na cidade de Pointy Hill, onde você mora?

Por favor, me diga se quer ser meu amigo de correspondência.

Sua nova amiga,
Sam Desjardine

Querido amigo,

Obrigada pela resposta. Gostei de aprender sobre o crustáceo gigante que vocês chamam de lagosta e sobre a famosa loja Bean. A foto da lagosta foi meio assustadora. Elas são vermelhas assim quando capturadas? Como vocês as comem?

Você perguntou sobre mim. Eu moro com a Mammaw em uma casinha azul perto do Bairro Francês da nossa cidade. Gostamos de caminhar no calçadão ao longo do rio Mississippi. A música daqui é muito popular. E às vezes chove pesado, mas não neva. Estou enviando carne curada de jacaré para você experimentar. Escreva logo!

Sua amiga,
Sam

PS: O que é vendido na loja Bean, além de feijão?

Julho de 2005

Querido amigo,

Você perguntou sobre New Orleans. É divertido morar aqui. Tem um bonde perto da nossa casa. A Mammaw toma café e come uma massa frita, chamada beignet, no café da manhã. Dizemos be-niê.

Todos os anos, acontece um grande desfile por aqui chamado Mardi Gras. As pessoas ficam meio doidas, e a música é boa e alta.

A Mammaw não me deixa ir a algumas lojas daqui, que vendem coisas como velas pretas, ervas e poções. Ela diz que são lojas de vodu e que não devo entrar. Uma dessas lojas se chama Sete Maravilhas do Vodu e é do nosso vizinho, Wonder Samedi. O Wonder parece um cara legal, mas tem uma amiga chamada Mary que nunca sorri. Ela é professora na Evergreen.

Espero que seu verão esteja sendo divertido. Está quente e abafado por aqui.

Escreva logo.

Sua amiga,
Sam

PS: Estou enviando uma foto para você saber como sou. Por favor, envie uma sua.

28 de agosto de 2005

Querido amigo,

Uma enorme tempestade está se aproximando e eu estou morrendo de medo.

A tempestade se chama Katrina, é um furacão de nível 5. Já está chovendo muito forte. O vento sopra a cem quilômetros por hora, e a pior parte do Katrina vai chegar amanhã...

O prefeito apareceu na televisão e disse que New Orleans vai ser inundada. Todos nós temos de deixar a cidade e ir para pontos mais elevados, mas a Mammaw se recusa. Ela disse que não vai simplesmente abandonar tudo e partir.

Então, nós vamos para a casa de Wonder Samedi. Você se lembra dele? É o dono daquela loja esquisita. Dizem que Samedi é um bokor, um feiticeiro do vodu. A Mammaw falou que ele pode fazer um feitiço para nos proteger, mas eu acho que devíamos partir. Estou com muito medo.

Preciso ir. Mary, a mulher que nunca sorri, está aqui para nos levar à cerimônia vodu. Reze por nós, por favor.

Sua amiga,
Sam

MUITOS ANOS DEPOIS...

Você está com seus dois melhores amigos, Elton e Mina, na casa de Elton em Pointy Hill, no Maine. É recesso de outono na Escola Dragonfly, onde cursam o sétimo ano. Vocês três se reúnem todas as noites de sexta-feira para ver filmes de terror. Mas, por causa dos dias de folga, vocês transformaram a Noite de Filmes de Monstros em Tarde de Filmes de Monstros. Na televisão, uma mulher fantasiada de vampira apresenta o filme *O retorno da noiva de Frankenstein*.

— Tem alguma coisa te incomodando? — Mina pergunta de repente, pegando mais um punhado de pipoca da tigela entre vocês no sofá. — Você está quieto.

— Bom, mais ou menos — você responde. — Sabe a aluna nova, a Rose?

Vá para a próxima página.

2

— Aquela que parece e age como um zumbi? — pergunta Elton.

— Como assim, Elton? — Mina ri. — A Rose não é um zumbi.

— Quer apostar? — pergunta ele. — Os olhos dela são como piscinas negras. Ela anda meio em transe quase o tempo todo e tem a pele bem pálida. Eu digo que ela é um zumbi.

Elton pode ter razão, mas não é isso que está incomodando você.

— A Rose me lembra alguém, só não sei quem.

— Alguém que você conhece? — pergunta Mina.

— Ou algum zumbi que você conhece? — sugere Elton.

Mina o acerta com o cotovelo.

— Sam! — você solta de repente. O nome escapa de sua boca antes que seus pensamentos se formem. — É isso. Ela lembra a Sam. Sam Desjardine. Minha antiga amiga de correspondência de New Orleans, do segundo ano.

Uá para a próxima página.

— Aquela que morreu no Katrina? — pergunta Elton, tentando ajudar.

— Não sei se ela morreu — você comenta. — Nunca mais tive notícias. Escrevi várias vezes, mas todas as cartas voltaram com o carimbo de "Endereço desconhecido".

De repente o vento fica mais forte e algumas folhas batem na janela.

Elton aponta para fora.

— E por falar no diabo... Se quiser perguntar para Rose, a zumbi, se ela é Sam Desjardine, agora é a hora. Lá vem ela.

Vá para a próxima página.

4

Você e Mina se levantam para olhar. A aluna nova, Rose, passa em frente à casa de Elton de bicicleta. Você observa quando ela entra pelo portão do cemitério ao lado.

— O que ela vai fazer no cemitério com esse tempo? — pergunta Mina.

— Não sei, mas vou segui-la para descobrir — você responde.

Então, sai pela porta da frente e seus amigos o seguem.

— Não sei se é uma boa ideia — diz Elton.

— Cala a boca, Elton — Mina grita mais alto que o vento.

Vocês passam pelos portões de ferro do cemitério. Está escurecendo e a tempestade prevista está prestes a desabar. Nuvens escuras se espalham pelo céu e gotas de chuva começam a cair. Quando chega a uma bifurcação no caminho principal, você para; é difícil ver as marcas da bicicleta. Então, você escuta um barulho de algo raspando à direita.

Se decidir seguir o ruído, vá para a próxima página.

Se quiser ficar no caminho principal e seguir em frente, vá para a página 28.

— O barulho está vindo lá do fundo do cemitério — você diz —, da parte de cima.

— Quem estaria ali com o céu escurecendo e a tempestade se aproximando? — Mina grita mais alto que o vento.

— Não vamos descobrir — diz Elton.

— Você está com medo? — pergunta ela.

— Sim — ele responde. — Eu quero sair daqui.

— Mas a gente não pode voltar agora! — fala Mina.

— Eu posso — afirma ele. — Moro aqui do lado. Além disso, acho que sofro de cemitériofobia.

— Ah, para de choramingar. Então você tem medo de cemitérios, e daí? Você vai perder toda a diversão — diz Mina. Ela se vira na sua direção e assente. — Eu vou com você.

Você segue em frente com Mina logo atrás. Pelo canto do olho, você nota que Elton está colado em vocês. Mina provavelmente o fez se sentir envergonhado e ele mudou de ideia, você pensa.

Vá para a próxima página.

6

O cemitério de Pointy Hill é velho. Alguns mausoléus de pedra se destacam à luz da lua. A área toda é cercada por um portão de ferro forjado decorado com vinhas retorcidas e rostos de querubins. Parou de chover, e agora o vento não passa de um sussurro. Os túmulos estão lisos por causa da umidade. Você escuta de novo o som de algo sendo raspado, seguido de um leve *pof*.

— O que é isso? — pergunta Elton.

— Sei lá. A gente vai ter que chegar mais perto — você responde. Elton não parece gostar muito da ideia.

Escondendo-se atrás de bordos, chorões e um túmulo em ruínas, vocês seguem rumo ao som. Uma coruja pousa sobre um túmulo, esperando ratos aparecerem. A silhueta do belo pássaro faz você pensar que o mundo noturno é diferente, é secreto. Você precisa estar sempre alerta.

— Olha — sussurra Mina.

A lua quase cheia surge de trás de uma nuvem. A luz repentina revela mais à frente um homem segurando uma pá. Seu casaco está jogado sobre uma lápide e ele seca o suor da testa. Há um monte de terra ao lado de uma cova aberta.

— Não é o professor Samuels? — você pergunta.

— Parece que sim — responde Elton.

Vá para a página 8.

— Não custa checar o barulho. E a Sam não pode ter ido muito longe — você diz.

Vocês caminham em direção ao ruído, passando pelos túmulos e mausoléus cobertos de lodo.

Vá para a página 6.

8

O nome dele até pode ser Ralph Samuels, mas todos os alunos da escola o chamam de professor Gagá. Alguns até dizem isso na frente dele. O professor Gagá é meio desligado na maior parte do tempo, mas você desconfia de que ele aprecia esse apelido. Na aula, está sempre falando do laboratório que fica no sótão da casa dele. Ele diz la-bo-rea-tó-rio e sempre está com a cara enfiada em algum livro de ciência, alquimia ou do *Arquivo X*.

— É ele — diz Mina.

— Na aula de ciências da semana passada — você diz a Elton —, você perguntou sobre zumbis. E sobre Frankenstein e a ciência por trás dessa coisa de ressuscitação. Que coisa mais maluca!

— Lembra que o professor Gagá ouviu a conversa e disse que não era tão maluco assim? — Mina interrompe.

— É por causa de todo o conhecimento sobre genética e regeneração de células que temos agora — diz Elton. — E ele está certo.

Elton às vezes lembra um pouco Gagá. Mas, por enquanto, você guarda esse pensamento para si.

— Você não acha que ele está... — Antes que você possa terminar a frase, o professor some de vista. Ele pulou para dentro da cova! No instante seguinte, um pé de cabra é lançado para fora do buraco. O professor, grunhindo com o peso, joga na grama um enorme tapete enrolado. Ele sai da cova, bate a terra das roupas e puxa uma pequena escada de madeira de dentro do buraco, para, em seguida, começar a enchê-lo de terra.

Vá para a próxima página.

— Ai. Meu. Deus. Ele está roubando um corpo — diz Mina.

— É o que parece — você comenta.

— Sempre achei que ele era esquisitão — completa Elton.

Depois que a cova é coberta de terra, o professor arrasta o tapete pesado até o Volvo amassado dele. Com dificuldade, consegue colocar o objeto no porta-malas. Então, rapidamente guarda o restante do equipamento, a pá, a escada e a lona. Ele pega o casaco e entra no carro. É evidente que não quer ser visto. Em seguida, ele solta o freio de mão do veículo para descer a ladeira em silêncio e deixar o cemitério.

Então, você sai do esconderijo e se aproxima da cova recém-coberta. Exatamente como pensou.

— Veja, Mina — você diz. — É o túmulo do sr. Angel.

— Nosso antigo professor de carpintaria? — pergunta Elton, aterrorizado.

— Que diabos o Gagá vai fazer com o cadáver do professor de carpintaria? — pergunta Mina.

— Não faço a menor ideia — você responde. — Mas a gente precisa fazer alguma coisa.

Você sabe onde o professor Gagá mora. Se decidir ir à casa dele para descobrir o que ele está fazendo, vá para a próxima página.

Se decidir procurar Gagá na Dragonfly, onde sabe-se que ele tem trabalhado em experimentos tarde da noite, vá para a página 48.

Isso é muito estranho. Se preferir chamar a polícia para ajudá-los, vá para a página 36.

10

O professor Gagá mora em uma antiga casa de estilo vitoriano. A pintura está descascando e duas janelas do andar superior estão quebradas, cobertas com papelão. A pequena varanda range quando você pisa nela. A porta da frente pende por causa das dobradiças frouxas. Você nota marcas recentes de pneus que levam à garagem fechada.

— Acho que vamos precisar do elemento-surpresa. Não vou bater, tudo bem? — você diz aos seus amigos.

Elton e Mina trocam olhares e assentem. Você assente de volta e gira a maçaneta da porta da frente, que se abre com um alto rangido.

Você entra na ponta dos pés. Mina e Elton o acompanham. Um feixe de luz passa sob a porta de um dos quartos do fundo. Caminhando em silêncio, vocês passam por uma sala repleta de livros e jornais. Na cozinha, pratos sujos, xícaras com bolor na borda e travessas engorduradas repousam sobre o balcão. Há um gato preto lambendo uma tigela de leite na mesa da cozinha. Quando vocês passam, o gato arqueia as costas.

— Um gato preto — sussurra Mina. — Bela sacada, Gagá.

— Muito engraçado — Elton retruca.

Vá para a próxima página.

Sem fazer barulho, você abre a porta que emana o feixe de luz. Ela leva para o andar de cima, para o laboratório no sótão. Um cheiro parecido com o de carne podre é forte. Você tampa o nariz conforme vocês três começam a subir a escada.

— Parece que o professor Gagá está falando com alguém — sussurra Mina.

Você se detém para escutar.

— Você vai estar novo em folha num piscar de olhos — vocês ouvem Gagá dizer. — No entanto, sr. Angel, acho que eles nunca mais vão deixar você mexer em uma serra. Não depois do seu pequeno acidente na carpintaria na semana passada.

— Folha? — uma voz monótona pergunta.

— Se eu dissesse que isso quase o matou, eu estaria errado — diz o professor Gagá. — Matou *mesmo*, sr. Angel.

— Folha? — a estranha voz repete.

— É só uma expressão — Gagá comenta. — Não sei o que tem de tão novo numa folha. Aliás, elas estavam todas pingando por causa da chuva hoje, e fiquei encharcado enquanto desenterrava você.

— A carpintaria está seca — diz a voz.

Você sussurra:

— Se aquele é o sr. Angel, parece que ele está fazendo teste para um filme do Frankenstein.

Uá para a próxima página.

12

— Você notou o que acabou de dizer? — pergunta Mina.

— Não pode ser o sr. Angel, ele está morto.

— Mas eu reconheço a voz dele — você fala. — O sr. Angel sempre teve a voz do Frankenstein, mesmo vivo.

Um barulho no topo da escada faz com que vocês três deem um pulo.

— Ora, ora. Visitas. O que vocês estão fazendo aqui? — pergunta o professor Gagá. Ele está olhando para vocês do topo da escada. — Pensei que fossem ratos passando por aí. Agora que estão aqui, não sejam tímidos, subam. Vocês chegaram bem na hora de testemunhar uma descoberta científica que vai surpreendê-los. Eu prometo.

Se decidir aceitar esse convite bizarro para se surpreender (ou pior), vá para a página 14.

Se quiser sair dali e voltar ao cemitério para procurar Rose, a aluna nova, vá para a página 31.

14

Mina, Elton e você sobem a velha e barulhenta escada de Gagá.

— Sei que a ventilação deixa a desejar — diz ele —, mas a ciência é como a beleza. Exige sacrifício.

Você não gosta do modo como Gagá diz isso, mas fica calado e olha ao redor do ambiente mal iluminado. Há três mesas de aço escovado enfileiradas. Seu professor de carpintaria recém-falecido, o sr. Angel, está sentado em uma delas. A mesa de metal é brilhante e fria. Pensando bem, o sr. Angel também parece um pouco brilhante e frio. Uma canaleta ao redor da mesa com uma mangueira presa a ela leva a um ralo no chão.

Sobre as duas outras mesas, há equipamentos de laboratório, tubos de ensaio, microscópios, bicos de Bunsen, alguns com provetas borbulhantes em cima, além de espectrômetros. Em um canto do laboratório, há duas grandes jaulas vazias que poderiam abrigar um animal de grande porte. Ou até um ser humano.

— O que está rolando com essas esferas? — Elton pergunta a Gagá, a curiosidade se sobrepondo ao medo. Ele aponta para três esferas de vidro, duas verdes e uma branca, dentro das quais parece haver uma tempestade de raios. Elas estão próximas a um fio de cobre retorcido. O zumbido dos aparelhos elétricos toma o ambiente.

Uá para a próxima página.

— A pergunta mais adequada seria o que está rolando com o sr. Angel — você diz, apontando. Seu ex-professor de carpintaria se levantou da mesa e começou a andar pelo laboratório. Ele caminha de modo rígido e mecânico. Está usando uma calça marrom com vários bolsos e um cinto de couro cheio de coisas penduradas, como alicate, pregos e uma pequena furadeira. *Ele foi enterrado com essas ferramentas?* Angel se movimenta como um brinquedo de corda, bate nas coisas, e cada batida o coloca em uma nova direção.

— O cheiro do laboratório é um pequeno preço a pagar pela minha maravilhosa descoberta — diz o professor Gagá, ignorando a pergunta de Elton sobre as esferas. — É o cheiro de muitos experimentos. Podemos até dizer que é o cheiro do sucesso. Vejam isso — diz ele, segurando um roedor sem duas patas. — Há apenas dois dias, esta pequena criatura sofreu um acidente fatal no ventilador do laboratório.

— Você quer dizer um acidente *quase* fatal, certo? — você pergunta educadamente. — Esse roedor está vivo.

— Está vivo, isso mesmo — diz o professor. — Mas antes de ontem estava morto. Perdeu duas patas e a vida. Sangrou até morrer depois de seu encontro desafortunado com o ventilador. Agora Lázaro, este é o nome dele, só pode correr em círculos, com as patas da esquerda.

Uá para a próxima página.

16

— Você ressuscitou Lázaro, o roedor? — pergunta Elton.

— Graças à minha descoberta — diz o professor Gagá —, ele está vivo novamente.

— Como isso é possível? — você pergunta, dando uma olhada mais de perto no animal de duas patas.

— Bem, há muitos fatores — o professor G. responde. — Primeiro, Lázaro foi encontrado ainda quente, logo depois do acidente. Eu provavelmente devia ter costurado suas patas de volta no lugar, mas fiquei tão empolgado por encontrá-lo que negligenciei o óbvio.

— Você já tentou ressuscitar outras criaturas? — pergunta Mina.

— Várias — Gagá responde, com os olhos brilhando. — Quanto mais tempo passam mortas, menos dura a ressuscitação. Uma vez, ressuscitei um rato chamado Jerry, morto havia duas semanas. Ele viveu por cerca de quatro minutos depois da ressuscitação. O sr. Peepers, meu gato, havia mastigado o Jerry. A questão é que, depois de um curto período desfazendo o *rigor mortis*, Jerry se ajeitou e comeu queijo por três minutos. Graças a isto aqui — Gagá ergue um pequeno vidro com um líquido roxo. — Meu soro de ressuscitação!

Vá para a próxima página.

— Então, você não tem muita certeza sobre por quanto tempo o soro mantém a criatura viva? — você pergunta.

— Não, mas o Lázaro está forte há dois dias. Fiz alguns ajustes na fórmula. Acredito que essa descoberta pode simplesmente ser laureada com o Prêmio Nobel. Imaginem só.

— Então os cheiros aqui são dos seus erros? — Elton funga.

— Essa é uma maneira de explicá-los — diz Gagá. *Não quero nem saber quais são as outras.*

O professor aponta para diversos recipientes de vidro cheios de líquido. Pequenas criaturas boiam ali dentro: um coelho de olhos esbugalhados sem as orelhas, um passarinho sem cabeça, uma lagosta vermelha brilhante e diversos insetos e serpentes danificados.

— Estes são alguns dos meus fracassos — diz ele.

— Parece que você encontrou um jeito de criar animais de estimação zumbis — você fala.

— Por favor — o professor começa —, você está perdendo o foco: a ressuscitação. O mercado será enorme!

— Não se isso transformar as pessoas em zumbis — diz Elton. — Eles não imploram por cérebro fresco?

Antes que o professor possa responder, vocês escutam a porta no início da escada se fechar com força.

Uá para a próxima página.

Todo mundo olha ao redor. *Ah, não.*

— Onde está o sr. Angel? — você pergunta.

— Ele se foi — diz Mina.

— Que maravilha — fala Elton. — Nosso professor de carpintaria zumbi está solto pela cidade.

— O Angel saiu? — grita o professor Gagá. — Precisamos encontrá-lo. O mais rápido possível! As notícias sobre a minha conquista devem ser mantidas em segredo.

As notícias sobre a conquista de Gagá são a menor das preocupações dele, você pensa.

Se você decidir procurar o sr. Angel, vá para a próxima página.

Se quiser convencer Gagá de que ele precisa pedir ajuda, vá para a página 25.

Você toma uma rápida decisão.

— Não temos tempo para pedir ajuda — avisa. — Precisamos ir atrás do sr. Angel antes que ele se machuque.

— Zumbis podem se machucar? Sei lá, pensei que não fosse possível, que eles não sentissem dor — diz Elton.

— Para de enrolar, Elton! — diz Mina, um passo atrás enquanto você se apressa para sair do sótão. — Além disso, o sr. Angel pode machucar alguém!

Vocês correm para a varanda. Não há sinal do sr. Angel no gramado da frente. Pelo modo como Gagá arfa atrás de vocês, está claro que o la-bo-rea-tó-rio o impediu de ir à academia.

— Independentemente do que vocês façam — Gagá ofega —, não contem meu segredo a ninguém! Eu imploro!

— O portão da garagem estava aberto quando a gente chegou? — Elton pergunta.

— Não! — Mina responde. — Mas agora está.

Vocês escutam um carro dar uma guinada brusca no fim da rua.

— Zumbis sabem dirigir? — Elton pergunta.

Vá para a próxima página.

— Vamos! — você grita e sai correndo atrás do carro. Vocês correm rua acima. A tempestade passou, mas agora está tudo escuro. No fim da rua, você olha para os dois lados à procura do velho Volvo de Gagá.

— É ele? — Mina aponta. Um carro está dobrando a esquina. Fora isso, a rua parece vazia.

— Vocês acham que ele voltou para o cemitério? — pergunta Elton. — Para onde vocês iriam se retornassem dos mortos?

— Talvez ele tenha ido para casa — Mina sugere. — Mas fica na direção oposta, eu acho.

— Se ele foi para casa, a sra. Angel está prestes a sofrer o maior susto da vida dela — você acrescenta.

— Nossa! Isso é demais! — Elton diz, esfregando alegremente as mãos. — Uma caça a zumbis de verdade.

Se você decidir voltar ao cemitério para procurar o sr. Angel, vá para a próxima página.

Se quiser procurar o endereço do sr. Angel e ir até lá, vá para a página 96.

Vocês decidem voltar ao cemitério. Se o sr. Angel não estiver por ali, podem tentar a casa dele. Mas o Volvo azul amassado está enfiado numa vala do lado de fora do cemitério de Pointy Hill.

— Ele está aqui! — Mina exclama.

Vocês três se apressam lá para dentro — o lugar já está fechado — e correm na direção do barulho que ouviram antes. Ao fazerem uma curva, vocês veem uma figura alta familiar no caminho de pedra. Ele está iluminado pela luz prateada da lua. Há um corvo empoleirado em um galho próximo e, ao longo do caminho, pequenos dentes-de-leão amarelos florescem no gramado.

— Sr. Angel? — você diz. — Nós viemos ajudá-lo.

— No cemitério — o sr. Angel fala com a voz sem vida, cansada, monótona —, as asclépias estão começando a se abrir.

— O que a gente faz? — Elton pergunta para você e Mina.

— Quero ir para casa — diz o professor zumbi.

— Vamos ajudar você — Mina oferece. — Onde é a sua casa? — Então, ela sussurra: — Olha a perna dele.

A coxa esquerda foi arrancada da calça do professor de carpintaria. Na verdade, a coxa se foi; tudo o que sobrou foi um trapo e um pedaço de osso.

Vá para a próxima página.

— Os bordos vermelhos apareceram — o sr. Angel continua em seu tom monótono. — Adoro o começo do outono, quando os bordos vermelhos florescem.

— Você quer ir para casa? — Elton pergunta.

— Não, quero ir para o meu lugar. Quero dormir de novo — o professor responde. — O Grande Sono.

— Essa você acertou, parceiro — Elton comenta.

O sr. Angel carrega uma pá que pegou no carro de Gagá. Ele vai até seu túmulo e começa a cavar. Mina volta ao Volvo e traz mais três pás, para que todos vocês possam ajudar. Assim que o caixão aparece, o sr. Angel entra e se deita nele.

— Digam ao Gagá que eu sinto muito. Fui um péssimo zumbi. — Ele coloca um lenço sobre o rosto e fecha o caixão.

— É esse o sinal para começarmos a tapar o buraco? — Elton sussurra.

— Não sei se consigo fazer isso — Mina diz. — Parece que estou enterrando alguém vivo.

— Vamos colocar terra suficiente para ele não escapar e depois vamos chamar a polícia — você sugere.

Vá para a página 24.

Seus amigos concordam. Vocês rapidamente enchem a cova com um bom tanto de terra. Em seguida, correm até a entrada do cemitério. Por algum motivo, vocês três começam a rir e não conseguem parar. Nem quando veem a forte luz do carro de polícia ao lado do Volvo de Gagá.

— Vocês três podem me dizer o que há de tão engraçado em roubar um carro? — pergunta o policial.

— Roubar um carro? Não roubamos esse carro! — você grita.

— Não foi o que o professor Samuels disse — responde o policial. — Ele registrou queixa há meia hora. Por que não me acompanham até a delegacia para explicar o que aconteceu? Podem começar do início.

FIM

— Tem um zumbi correndo solto pela vizinhança — você afirma. — A gente precisa chamar a polícia.

— É, na verdade um zumbi à solta com uma pistola de pregos — Elton acrescenta.

— A polícia? Em Pointy Hill? Até parece. Mais fácil a Guarda Nacional — Mina diz. — Onde fica o telefone?

O professor Gagá parece surpreso.

— Não estou pronto para divulgar minhas descobertas — diz ele. — Não podemos envolver pessoas de fora, é muito cedo. Elas vão roubar minhas ideias.

— Você não está sendo sensato, professor — você afirma.

— O sr. Angel pode ser perigoso.

— Só para ele mesmo — Gagá responde. E então, com desdém, acrescenta: — Ele sempre foi tão atrapalhado.

Você ouve um carro dando partida, e então o barulho de gravetos sendo esmagados. Aproxima-se da janela a tempo de ver o sr. Angel se afastando em um Honda Element vermelho.

— Ele está levando o Element! — Gagá grita, de repente despertando e partindo escada abaixo. — Preciso dele para cerimônias especiais!

— Ele tem dinheiro para comprar dois carros com o salário de professor? — Elton pergunta enquanto vocês três seguem o cientista maluco.

Vá para a próxima página.

— Depressa! Você tem GPS no carro? — você pergunta ao professor Gagá.

— GPS? — ele questiona, confuso.

— Que maravilha — Mina diz, balançando a cabeça. — Ele pode ressuscitar os mortos, mas não sabe o que é um GPS.

— GPS significa sistema de localização global, em inglês — explica Elton.

— Você está falando da telinha no painel que dá direções? — Gagá pergunta. — Sim, eu tenho isso. Está escrito "Onstar", eu acho.

Você pega o telefone na parede, liga para a polícia e passa as informações a respeito do Honda Element que foi levado.

— O que vai acontecer comigo? — Gagá se lamenta. Ele corre escada acima até o laboratório e olha freneticamente ao redor. — Preciso pegar as minhas anotações e partir.

Antes que você consiga detê-lo, o professor desce a escada. A porta do andar inferior bate e você ouve a chave virando.

— Espera um pouco! Ele acabou de trancar a gente aqui! — exclama Elton.

— Por quê? — Mina pergunta.

De repente, vocês ouvem o barulho de uma pistola de pregos sendo disparada, uma, duas vezes. Um homem urra de dor, e em seguida completo silêncio. Então, a voz do sr. Angel chega ao andar de cima.

Vá para a próxima página.

— *Cérebros* — ele diz. — *Mais cérebros.*

— Quando o Angel voltou? Ninguém vai acreditar numa coisa dessas — diz Mina.

— Você acha que ele acabou de matar o Gagá? — Elton pergunta.

— Bom, se estiver vivo, o Gagá está terrivelmente calado — Mina afirma.

Elton encontra um pé de cabra e começa a forçar a abertura da porta.

— A gente precisa escapar.

— Se ao menos a gente pudesse voltar no tempo — Mina diz, segurando a cabeça entre as mãos.

Você pega uma seringa e a enche com o soro roxo de ressuscitação.

— O professor vai ficar novo em folha — você diz, segurando a injeção.

— Num piscar de olhos — Mina sorri meio desanimada.

De repente, a tranca se abre.

— Consegui! — Elton exclama, segurando triunfantemente o pé de cabra. — Como nos filmes.

De algum lugar lá embaixo, vocês ouvem a mesma palavra.

— *Cérebros.*

— Vamos sair daqui! — vocês dizem todos juntos.

FIM

28

Vocês permanecem no caminho principal, mas perdem Rose de vista. A chuva cai pesada, apagando as marcas dos pneus da bicicleta dela.

— O que você acha que ela está fazendo aqui? — pergunta Mina.

— Talvez ela tenha ouvido o mesmo barulho que a gente e decidiu investigar — Elton diz em tom de piada.

Mais adiante, vocês veem uma bicicleta recostada em uma lápide.

— Deve ser a bicicleta dela — Mina sussurra. — Ela não pode ter ido muito longe.

Um raio ilumina tudo, seguido de um alto *bum*! A imagem de Rose Laplante surge de repente em contraste com o céu escuro. Ela parece estar rezando diante de uma lápide. E então escurece de novo.

— Lá está ela! — diz Mina.

— Eu também vi. Vamos lá — você concorda.

Nervoso, Elton acompanha vocês. Os três caminham pela grama, passando por diversas fileiras de lápides, seguindo na direção de Rose.

— Acho que ela estava nesta fileira — Mina diz. — Na verdade, tenho certeza.

Vá para a próxima página.

Você tem de concordar com Mina.

— Ela estava na frente daquela ali! Aquela com a cruz — você grita. — Mas não está mais.

Você corre até o túmulo onde Rose estava e se detém. Mina se aproxima e arfa.

— Está mesmo escrito o que eu acho que está? — Elton pergunta debilmente.

O túmulo não tem datas, apenas um nome: DESJARDINE.

Vá para a página 33.

— A Rose, ou a Sam, se for mesmo ela, não pode ter ido muito longe — você diz. Então examina a encosta de túmulos, mas está escuro demais para ver. Ela poderia estar escondida atrás de qualquer um deles.

Há outro clarão de um raio. Seguido, em menos de um segundo, por um barulhento *bum*!

— Este caiu a menos de um quilômetro daqui — Mina diz.

— Ei, olhem! — você aponta para um papel dobrado no chão diante da lápide de Desjardine e o pega. — São os horários do trem. O último trem de Boston para Pointy Hill.

Mina e Elton olham por cima do seu ombro.

— E, de acordo com o meu relógio, vai chegar em menos de quinze minutos — diz Mina. — O papel mal está molhado. A Rose deve ter deixado cair, e aposto que ela partiu para encontrar o trem.

Vá para a página 60.

Vocês recusam o convite de Gagá.

— Hum, obrigado pelo convite, professor, mas parece que você está ocupado — você diz.

— É — Elton complementa com um aceno. — Parece que você está no meio de algo importante.

— Como ousam? Vocês não podem simplesmente *ir embora*! — o professor grita. — Não depois de me interromper!

— Então, ele começa a descer os degraus.

Vocês saem correndo pela porta da frente, atravessam o jardim e sobem a rua. Um cachorro late ao longe e uma luz se acende, mas vocês continuam em disparada. Vários quarteirões à frente, depois de terem percorrido um bom trajeto, vocês param.

— Essa foi por pouco — diz Mina.

— Esse cara é totalmente esquisito — você acrescenta.

Elton, que passa mais tempo diante do computador que na academia, não diz nada, apenas puxa o ar.

— Aonde a gente vai agora? Voltar ao cemitério para tentar encontrar a Rose? — você sugere.

— Boa ideia — Mina concorda.

Vocês voltam a se movimentar, dessa vez caminhando. De repente, um carro para e buzina.

Uá para a próxima página.

32

— Mãe! — você grita. — O que você está fazendo nesse carro?

— O meu está na oficina. E o que você está fazendo na rua quando deveria estar em casa para o jantar? Entrem. Dou uma carona para a Mina e o Elton até a casa deles — diz ela.

Você olha para seus amigos e dá de ombros.

— Acho que a festa acabou por enquanto — diz. — Vamos procurar a Rose amanhã.

Eles assentem e vocês três entram no carro para voltar para casa.

Sua mãe olha pelo espelho retrovisor.

— O que vocês estavam aprontando com esse tempo? — pergunta ela.

Você olha para seus amigos e tem uma ideia diabólica.

— A gente estava espionando nosso professor de ciências, o professor Samuels. Primeiro ele roubou o corpo do professor de carpintaria do cemitério, perto da casa do Elton. Agora ele está no sótão da casa dele, no laboratório, tentando transformá-lo num zumbi — você diz casualmente.

Sua mãe é bem legal e leva na brincadeira.

— Então foi só mais uma noite maluca em Pointy Hill, Maine, certo? — ela ri.

FIM

— Então, a Rose *é* a Sam! — você grita. — Samosa Desjardine, minha antiga amiga de correspondência!

— Está começando a parecer mais provável, tenho que admitir — concorda Elton.

Mina examina o horizonte.

— Mas aonde é que ela foi?

— Preciso dar crédito a ela — diz Elton. — Tem que ter muita coragem para vir aqui sozinha com esse tempo e a essa hora da noite.

De repente, vocês ouvem de novo o barulho de algo sendo raspado, seguido de um baque. Você olha para seus amigos.

— Será que é ela? — pergunta.

Mina balança a cabeça.

— Duvido. O barulho veio daquela direção, e segundos antes vimos a Rose neste túmulo. Ela não pode estar em dois lugares ao mesmo tempo.

— Talvez seja um poder zumbi especial, estar em dois lugares ao mesmo tempo — comenta Elton. — Por que não voltamos para casa e pesquisamos sobre poderes zumbis na internet?

Mina ignora Elton.

— Se você quiser continuar procurando a Rose, estou dentro. Mas eu queria saber o que é que está fazendo esse barulho. Você manda. Ela é sua amiga de correspondência.

Se quiser investigar o barulho, vá para a página 7.

Se decidir continuar procurando Rose, vá para a página 30.

34

Mina olha para a escuridão, em busca do espectro do carro que desapareceu noite adentro.

— Ele não tem uma casa — diz ela. — É um morto-vivo.

— Vocês! — grita o professor Gagá.

— Fiquem onde estão! — Mary Brown berra, sua voz grave e reverberante.

— Exatamente como uma professora de educação física — se indigna Elton, balançando a cabeça. — Sempre dando ordens.

— Vamos sair daqui — você diz.

Não é difícil correr mais rápido que os dois adultos. Todo mundo sabe que Mary Brown é a professora de educação física mais fora de forma do Maine. Vocês três se apressam rumo à grande estrada que leva para fora de Pointy Hill.

Mas não chegam a percorrer oito quarteirões quando encontram o Volvo. O carro está batido em uma árvore, um líquido escorre pelo tanque de gasolina, um farol está aceso e a seta direita pisca.

O sr. Angel está no banco do motorista olhando para a escuridão. Tudo fica em silêncio por um instante, e então, em algum lugar, um sapo começa a coaxar, um rato chia e aves negras passam diante da lua do lobo.

Vá para a próxima página.

— Ooooooo — o sr. Angel diz — láááááá.

— Vamos tirar você daí, sr. Angel — você fala, se apressando. — Aguenta firme.

Ele olha para você, tenta sorrir e balança a mão mutilada em sua direção.

— Ommmmm — ele diz, um pouco antes de o carro explodir.

De repente, um flash forte surge e você está em um lugar lindo onde tudo cheira a flor, a rosas, tudo é uma rosa. As maçãs são rosas, o céu é uma rosa, a rosa do lago reflete a rosa do céu, e o lugar onde o sr. Angel está sentado, sorrindo para você, finalmente feliz, é uma rosa.

E você, claro, é uma rosa também.

FIM

— Certo, vamos começar analisando os fatos. Nosso professor de ciências é um ladrão de sepulturas — Elton fala.

— A questão é por que alguém iria querer o corpo do nosso professor de carpintaria, o sr. Angel — Mina se pergunta.

— Sei lá, as pessoas roubam túmulos para pegar coisas de valor, objetos ou...

— Para fazer experimentos — Elton afirma.

— É isso — você estala os dedos. — Faz todo o sentido. Deve ser um dos experimentos malucos do professor Gagá.

— O que podemos fazer? — pergunta Mina.

— A gente precisa pedir ajuda — diz Elton.

Vá para a próxima página.

— Ninguém vai acreditar em três garotos que ligam para denunciar o roubo a um túmulo — diz Mina. — A polícia vai pensar que é trote.

— Então, a gente vai ter que cuidar disso sozinhos — você diz.

Mina olha para a lua.

— Vocês sabiam que esta lua cheia é conhecida como lua do lobo? No meu calendário lunar, também se chama "lua da tragédia", mas nós não somos supersticiosos.

Ignorando Mina, Elton pergunta:

— Você acha que ele pode levar o corpo do sr. Angel para a Dragonfly?

Vá para a próxima página.

38

— Se ele estiver planejando um experimento, tem um laboratório totalmente equipado lá — você responde. — E ninguém vai aparecer no meio da noite.

— Parece sensato — Elton concorda.

Mina revira os olhos.

— Obrigada, Spock.

O atalho até a escola é por entre a mata de pinheiros a leste do cemitério. Quando vocês chegam lá, avistam uma luz acesa nas janelas da sala de ciências.

— Ele está aqui — Elton diz.

— Você quer dizer que *eles* estão aqui — Mina o corrige.

— Vejam.

Uma silhueta surge das sombras no prédio de ciências. À luz da lua do lobo, você vê claramente que é o sr. Angel, pálido, caminhando rigidamente e com terra caindo de suas roupas de funeral.

— Parece, mas não pode ser o sr. Angel — diz Mina. — Não acredito nisso.

— É o sr. Angel, sim — Elton afirma. — Olha, está faltando metade da mão esquerda. Lembra? Ele perdeu enquanto nos ensinava a fazer o comedouro para passarinhos.

— O acidente com a serra circular — diz Mina.

Vá para a próxima página.

— Ele quase morreu daquela vez — você diz.

— Bom, dessa vez ele morreu, mas agora está vivo? — Mina parece angustiada.

— Não. Agora ele é o professor de carpintaria zumbi — Elton diz. — É diferente de estar simplesmente morto.

O sr. Angel alcança o antigo Volvo do professor Gagá. Ele bate a cabeça duas vezes na lateral da porta antes de conseguir entrar no carro. O motor dá partida e os faróis acendem. No volante, o sr. Angel se concentra em olhar para frente enquanto usa a mão boa para manobrar o veículo.

Quando ele vira o carro na direção da saída, um homem e uma mulher surgem no estacionamento, balançando os braços e gritando.

— Pare! Pare, Adam, por favor! PARE!!!

— O primeiro nome do sr. Angel é Adam? — Elton pergunta.

— Parece que o experimento deles fugiu do controle — você diz.

— É a Mary Brown — Mina diz, chocada. — A nossa professora de educação física também está nessa?

Vá para a próxima página.

40

O carro dá meia-volta. O sr. Angel segue rumo ao esconderijo de vocês na mata. Você sai de trás de um arbusto e balança os braços, sinalizando para que ele pare. A distância, a sra. Brown e o professor Gagá o veem e viram em sua direção. O professor de carpintaria freia e, como não consegue abaixar o vidro sem uma das mãos, o golpeia. Quando o vidro lateral se despedaça, ele tenta sorrir, mas o rosto dele está meio torto e há sujeira no queixo. O olho direito pisca o tempo todo, como se estivesse com defeito.

— Oooooooooooo — ele diz.

— O que vocês acham que "ooooooooooo" significa? — pergunta Elton.

— Acho que ele está tentando dizer "oi" — Mina explica.

— Aonde você vai, sr. Angel? — você pergunta. — Pode nos dizer para onde está indo?

— Aaaaasa — ele diz. — Bá-bá.

— Aaaaasa? Ele quer dizer casa? Quem é ele agora, o E.T.? — pergunta Elton.

O sr. Angel acena mais uma vez com o seu pedaço da mão esquerda e acelera com tudo para a Sunny Way. O carro vira para oeste em direção à grande estrada que leva para fora da cidade. Adentrando a escuridão, as lanternas do Volvo se tornam dois pontos vermelhos que logo desaparecem.

— Ele quer ir para casa. Onde quer que isso seja, coitado — Mina funga.

— Não devemos ir atrás dele? — Elton pergunta.

Vá para a próxima página.

Você aponta na direção da sra. Brown e do professor Gagá, que estão se aproximando.

— Estamos prestes a ter outros assuntos com os quais nos preocupar — você diz.

— Odeio as noites de lua do lobo — Mina acrescenta.

— Eu também. Acho que a gente deve ir atrás do Angel — concorda Elton.

Se decidir ir atrás do sr. Angel para detê-lo, vá para a página 34.

Se preferir confrontar o professor Gagá e a sra. Brown, vá para a próxima página.

42

Mary Brown grita ao se apressar até vocês.

— Parem onde estão! O que estão fazendo aqui? Como de costume, ela usa roupas simples, práticas e escuras para cobrir o enorme corpo. Suas pernas são roliças como postes, e seus sapatos mais parecem duas caixas de tão grandes.

— Estamos observando a lua do lobo em ação — responde Mina.

— Tenho certeza que sim — Mary Brown comenta. — Ralph, onde podemos colocá-los?

— O que você acha das jaulas no meu laboratório? — diz o professor Gagá, sem fôlego por ter corrido. — A questão é o que faremos com eles.

Mary parece surpresa e solta:

— Para um gênio da ciência, você consegue ser bem burro. Vamos tirar a alma deles, é óbvio, e adicioná-las à minha coleção.

Vá para a próxima página.

— Você quer dizer que vai ser capaz de controlá-los, como faz com os outros? — pergunta o professor Gagá.

Os outros?

— Agora você está entendendo — afirma Mary Brown. — Já estou com a alma da sua amiguinha Rose — acrescenta ela, olhando diretamente para você. — Sou a mestra dela.

— Mas você não é minha mes...

Antes que você termine a frase, Mary Brown pulveriza uma poção em você.

— Pensei que fosse amaciante de roupa — você sussurra antes de desmaiar.

Então, acorda no laboratório de Gagá. Ou ao menos é onde pensa que está. Está escuro lá fora, e você está trancado em uma jaula de metal. Olhando ao redor, vê Mina e Elton, ainda inconscientes. O som de vozes flutua escada acima.

— Onde você guarda as almas? — pergunta o professor Gagá.

— No armário do ginásio da escola, em uma garrafa térmica vermelha — responde Mary Brown. — Ninguém pensaria em procurar dentro de uma garrafa térmica.

— Todas elas? — Gagá quer saber.

Vá para a próxima página.

44

— Trinta e oito, de acordo com a última contagem — Mary Brown responde satisfeita. — Embora ultimamente eu tenha de manter uma lista com os nomes para lembrar. Com a minha memória, é o que posso fazer para controlar um ou dois zumbis por vez.

— Amanhã vamos extrair as três novas almas que estão no laboratório — diz o professor Gagá. — Mal posso esperar para ver como se faz.

— À primeira luz — diz Mary Brown.

— Como o amor! — comenta o professor.

— Não, é "amor à primeira vista" — bufa ela.

Você ouve uma porta se fechar. Do lado de fora, um carro dá partida. Você vê as lanternas pela janela do sótão; o barulho do motor vai ficando fraco.

— Ei, pessoal! Acordem! É a nossa chance! — você grita.

— Precisamos sair daqui e pegar algumas almas.

Vá para a próxima página.

Mina e Elton se mexem lentamente.

— Do que é que você está falando? Onde a gente está? — pergunta Mina, olhando ao redor. — Minha cabeça dói.

— Estamos no laboratório do Gagá. Acabei de ouvi-los falando sobre a coleção de zumbis de Mary Brown. Ela guarda as almas dos zumbis numa garrafa térmica no armário do ginásio — você fala. — São trinta e oito almas, e aposto que a da Rose é uma delas.

— Como vamos sair daqui? — pergunta Elton, chacoalhando a jaula.

— Tenho uma chave mestra — Mina diz, retirando um colar do pescoço.

— Por que é que você tem uma chave mestra? — você pergunta.

Vá para a próxima página.

46

— Pela mesma razão que você tem um ioiô embaixo da cama. Para emergências — responde Mina.

Você testa a chave na fechadura da sua jaula. Com um pouco de esforço e alguns giros, há um alto clique e a porta se abre. Você abre as outras jaulas, libertando seus amigos.

— Agora a gente precisa sair daqui e pegar a garrafa térmica de almas antes deles.

— Acho que é tarde demais — diz Mina, olhando pela janela do sótão. — Eles acabaram de chegar.

— Mas eles não estão com a garrafa térmica — comenta Elton, observando por cima do ombro de Mina. — Parece comida chinesa.

Vocês descem a escada na ponta dos pés e ficam atentos quando chegam à porta.

— Tem cheiro de comida chinesa — Elton funga. — Estou ficando com fome.

— Como você pode pensar em comida em um momento desses? — Mina questiona.

Vocês podem ouvir o barulho de talheres e pratos enquanto a mesa é posta. Alguém coloca uma música de Frank Sinatra para tocar.

— É a nossa chance. Vamos — você diz.

Vocês abrem a porta do laboratório em silêncio, cruzam a sala de estar e saem para o jardim de Gagá sem ser vistos. A voz de Frank Sinatra flutua pelo gramado, suave e leve como uma pluma.

Vá para a próxima página.

— Vamos pegar as almas — diz Mina.

— A Mary falou algo sobre uma lista. Tenho certeza de que está com as almas no armário do ginásio — você afirma. — Afinal, ela é professora de educação física.

Na Escola Dragonfly, vocês encontram o armário de Mary Brown. Na porta, tem a imagem de um enorme dragão cuspindo fogo, com o grito de guerra da escola, VAMOS, DRAGÕES!, em letras garrafais.

E, como era de esperar, a garrafa térmica está ali.

— Vamos dar o fora daqui — você fala, enfiando a garrafa debaixo do braço — antes que peguem a gente.

— Espera — Mina pede. Ela pega um envelope preso no topo do armário e o abre. — Será que é a lista de doadores de alma?

— Se tiver trinta e oito nomes, eu diria que sim — você responde.

Mina checa rapidamente e conta.

— Tem! E a Rose é um deles!

Se você decidir procurar Rose — que pode ser Sam — para ver se ela sabe como recuperar a própria alma da garrafa térmica, vá para a página 56.

Se quiser voltar para a casa de Elton para pensar no que fazer, vá para a página 52.

48

— Vamos dar uma olhada na escola primeiro — você decide. — Às vezes, Gagá trabalha no laboratório de lá. E fica no caminho para a casa dele, certo?

Mas, quando vocês chegam à Dragonfly, o laboratório de ciências no terceiro andar está escuro e não há sinal do Volvo no estacionamento.

— Vamos dar uma olhada na casa dele — diz Mina. — Sei onde fica. Sou babá dos filhos dos Carter, que moram a três casas da dele.

— Vá na frente — você diz.

Mina conduz você e Elton por alguns atalhos até a Wayland Road. Quando dobram a esquina para a rua de Gagá, vocês ouvem um *bang* alto seguido do barulho de vidraças explodindo.

As luzes se acendem nas casas ao longo da via, mas a residência com o Volvo batido na frente está curiosamente quieta. Além disso, há fumaça saindo das janelas do andar superior.

— Essa é a casa do Gagá? — você pergunta a Mina.

Ela assente.

— Parece que o experimento dele deu errado — comenta.

— Tem energia elétrica nas casas — Elton diz. — Vejam só, está todo mundo no jardim. Legal.

— Nossa! — Mina salienta. — A sra. Yakker lembrou de vestir o roupão, mas esqueceu dos dentes.

Vá para a página 50.

50

A distância, você ouve uma sirene e o som de buzinas enquanto um grande caminhão do corpo de bombeiros se aproxima.

— Vamos — você diz. — É agora ou nunca.

— O quê? Aonde você vai? Está maluco? — pergunta Mina, correndo atrás enquanto você entra no gramado de um vizinho, atravessa o quintal dos fundos e abre a porta da cozinha de Gagá.

— Só assim a gente vai descobrir o que aconteceu com o sr. Angel! — você grita, corre para dentro e segue o cheiro até o andar de cima.

O laboratório ali não passa de uma caixa chamuscada com papel de parede úmido e queimado descascando. O professor está sentado em uma cadeira no meio de tudo. Seu rosto está sujo de fuligem, e os cabelos, arrepiados.

— Eu sobrevivi à explosão — diz ele. — Minha Fórmula de Imortalidade Total à Prova de Bomba funciona! Estou vivo! Desafiei a morte e ganhei o grande jogo de xadrez. Eu derrotei a Dona Morte.

— Mas você está bem? — você pergunta.

— Onde está o sr. Angel? — questiona Mina, mas Gagá a ignora.

— Estou mais do que bem — o professor dispara. — Sou imortal! Minha fórmula vai tornar a morte uma coisa do passado.

Vá para a próxima página.

— Fique calmo, professor — você diz. — Os bombeiros e a polícia já chegaram e tem uma ambulância a caminho. — Você pode ouvir alguém lá na frente com um megafone.

— Não precisa de ambulância — o professor Gagá anuncia. Ele fica em pé, mas tem dificuldades para se equilibrar.

— Por que não se senta, professor? — você sugere com a voz muito calma.

— Você não acredita em mim? — a voz do professor parece embargada.

— Claro que sim — você afirma. — Todos nós acreditamos, a Mina, o Elton e eu.

O professor não está convencido. Ele pega uma pequena caixa de madeira com uma alavanca vermelha na lateral.

— O sr. Angel fez essa caixa para mim — ele diz. — É de pinheiro com revestimento de cedro, e eu a chamo de Pandora. Faz um barulho alto quando você pressiona a alavanca. Olhe ao redor, você vai poder ver os resultados.

— Calma — você fala. — Não faça nada... Por que não me dá a bela caixa?

Você ergue a mão lentamente.

CABUM!

Infelizmente para você, Mina e Elton, a Fórmula de Imortalidade Total à Prova de Bomba de Gagá ainda precisa ser aprimorada. Que pena!

FIM

Vocês decidem voltar para a casa de Elton para pensar no que fazer com a garrafa térmica de almas de Mary Brown. Depois de pegar uma lasanha fria que a mãe de seu amigo deixou para vocês na mesa da cozinha, vocês se encaminham para o escritório para discutir a situação.

Mina, que está analisando a lista de nomes que vocês pegaram no armário de Mary, está perplexa.

— São todos alunos da escola — ela diz. — Alguns do ensino médio, e Billy Baffert se mudou. Mas qual é a ligação entre eles?

— Vou dizer qual é a ligação — Elton diz entre uma garfada e outra. — Todos são pálidos, têm olhar vidrado, olhos fundos e gostam de cérebros fresquinhos.

Vá para a próxima página.

Mina revira os olhos.

— Muito engraçado.

Você pega o papel e o analisa.

— Acho que eles ainda não são zumbis, pelo que a Mary Brown disse hoje à noite. Espera! Acho que já sei. Todos dessa lista não fazem parte do Coral Dragonfly? — você pergunta.

— Não é à toa que a última apresentação deles foi tão ruim — comenta Elton.

Mina estala os dedos.

— E a ligação é que Mary Brown às vezes substitui o pianista que toca com eles. Assim, ela tem acesso a esses alunos, mas ninguém desconfia de nada. Todo mundo a associa à educação física.

Vá para a próxima página.

54

— Como podemos devolver a alma para eles? — você pergunta, segurando a garrafa térmica, que abriu para dar uma olhada lá dentro. Está cheia de um suco marrom e fedido de almas que mais parece xarope de bordo.

— Fácil — responde Elton. — Vamos batizar a limonada deles no ensaio amanhã de manhã.

Mina abre um grande sorriso e aperta a bochecha de Elton, fazendo-o corar.

— Eu sabia que tinha um motivo para sermos amigos.

Naquela noite, Elton, Mina e você criam uma fórmula para distribuir o xarope de almas ao coral. Você se preocupa em deixar quantidade suficiente para os quatro alunos que foram para o ensino médio e para Billy Baffert. Vocês devolverão a alma deles depois.

Felizmente, a Operação Limonada funciona. Só tem um probleminha. Quando vocês voltam para a casa de Elton, o suco extra de almas desapareceu.

Mina grita da cozinha:

— Onde você colocou a garrafa térmica, Elton?

— Na geladeira — ele responde.

— Bom, não consigo encontrar — diz ela. — Vem olhar.

Você e Elton entram na cozinha.

Vá para a próxima página.

A garrafa térmica sumiu.

— Talvez seu irmão tenha pegado — você sugere.

— Thomas! — Elton grita escada acima.

— O que foi? — a voz dele é forte, profunda, não está mais esganiçada como ontem.

— Você viu a garrafa térmica que estava na cozinha de manhã? — pergunta Elton.

— A vermelha? — diz Thomas.

— É — responde Elton. — Onde está?

— Aqui em cima, mas está vazia.

— Vazia? Como assim vazia?

— Vazia, tipo, sem nada dentro.

— O que aconteceu com o líquido que tinha dentro dela? — pergunta Mina.

— Estava delicioso — diz Thomas. — Eu estava morrendo de sede e não tinha suco. Foi mal.

— A voz dele está mais grossa? — pergunta Mina.

— Mais adulta — Elton concorda.

— Aquelas pessoas sem alma não sabem o que perderam — você fala. — Assim eu espero. Afinal, vocês ouviram alguém na escola reclamando?

— Talvez eles possam desenvolver uma alma nova — Elton diz com esperança.

FIM

— Acho que a gente devia devolver a alma da Rose antes — você diz. — Vamos até a minha casa tentar telefonar para ela.

Mina e Elton concordam, e vocês partem. Assim que se aproximam da sua casa, você fica surpreso ao ver que Rose está sentada nos degraus da entrada. Ela se levanta quando você se aproxima.

— Eu... eu sei que você não me conhece bem, mas me mandaram te encontrar. Alguém que está tentando... me ajudar... disse que eu estaria segura aqui com você — diz Rose.

— Primeiro eu tenho uma pergunta. Você é Samosa Desjardine, minha antiga amiga de correspondência de New Orleans? Que todos chamavam de Sam? — você pergunta.

Rose franze o cenho, preocupada.

— Acho que sim. As pessoas costumavam me chamar de Sam quando eu era pequena. Até a Mary Louca me levar em-

bora. Eu só sei que preciso de ajuda, independentemente de quem eu seja.

— Mary Louca! Você está dizendo que a Mary Brown, nossa professora de educação física, é a Mary das suas cartas, a que nunca sorria? — você grita.

Nesse instante, um carro entra na sua rua. Rose, ou Sam, de repente parece aterrorizada.

— Quem é? — ela choraminga.

— Vamos entrar — você diz, abrindo rapidamente a porta da frente.

Uá para a próxima página.

58

Vocês quatro se apressam para dentro e trancam a porta. Felizmente, seus pais saíram para jantar e sua mãe deixou duas pizzas grandes de pepperoni e champignon e um bilhete, no qual escreveu: "Caso tenha trazido a turma toda com você!"

— Está com fome, Sam? — você pergunta.

Ela olha nervosamente ao redor enquanto um carro passa na rua.

— Estou. Mas você tem carne crua?

— Então você é mesmo um zumbi — Elton se surpreende.

Sam assente.

— Cérebros frescos são quase impossíveis de encontrar, e é disso que os zumbis precisam. Mas a carne crua não me deixa morrer de fome.

— O que acha de receber sua alma de volta primeiro? — Mina sugere.

— Minha alma? — Sam se entristece. — A Mary Louca está com ela.

— Não mais — você anuncia, tirando a garrafa térmica da mochila.

Sam arregala os olhos.

— Onde conseguiu isso? — ela estende os braços na direção da garrafa.

— Cuidado — você avisa. — Segundo Mary Brown, tem trinta e oito almas aqui.

Sam abre cuidadosamente a tampa da garrafa e cheira o líquido lá dentro.

E então a devolve.

Vá para a próxima página.

— Não posso pegar minha alma de volta — ela diz. — Outra pessoa precisa entregá-la a mim.

Você separa uma dose do líquido para Sam.

— Acho que você só precisa beber — fala. — Mas não tenho certeza.

— Faz sentido para mim — diz Elton.

— Para mim também — Mina concorda.

Sam pega o pequeno copo da sua mão e ingere o líquido, enrugando o nariz.

— Tem gosto de quê? — pergunta Elton.

— Suco de repolho. É nojento.

— Beba o resto — Mina pede.

Sam levanta o copo, tampa o nariz e bebe.

— Credo — ela diz, e estremece fazendo careta.

— Você se sente diferente? — pergunta Mina. — Está funcionando?

Os olhos de Sam estão fechados. Enquanto você observa, a pele dela começa a ficar azul a partir dos pés. A cor toma conta de todo o corpo dela. E então, com a mesma rapidez, fica brilhante como ouro e volta à cor normal.

— Que espetáculo — Elton diz. — Muito bem, garota arco-íris.

Sam abre um enorme sorriso.

— Vocês salvaram a minha alma. Sou um ser humano de novo.

— Prazer em te conhecer, Sam — você diz.

— Prazer em te conhecer também — ela responde, sorrindo.

FIM

60

Dez minutos depois, vocês três entram na estação de trem de Pointy Hill. Mas Rose não está ali.

— Eu acho que a vi no caminho para cá — diz Elton. — Ela parecia estar se escondendo.

— Onde ela estava se escondendo? — você pergunta.

Elton leva vocês para fora e aponta para o outro lado da rua, para o palanque no meio do vilarejo.

— É a Rose. Ou a Sam. Ou seja lá qual for o nome dela — ele sussurra. — No coreto.

Você ouve o trem se aproximando.

— Por que ela não fica lá dentro, onde é quente e seco? — pergunta Mina.

O trem faz sua parada. Você ouve as pessoas desembarcando. Sempre que a lua aparece por entre as nuvens, você vê a sombra de Rose/Sam esperando. Ela não se move nem um centímetro.

Alguns trabalhadores saem da estação e entram em carros, seguindo para jantar em casa. O trem apita e o condutor anuncia: "Todos a bordo!", antes de partir.

Por fim, quando tudo fica em silêncio, um homem de estranha aparência surge.

Vá para a página 62.

62

O homem é alto e muito magro, quase esquelético. Mesmo com a pouca luz, você nota seus olhos profundos. Ele examina a bucólica cena do centro de Pointy Hill, mal olhando para você e seus amigos. Então, deixa a estação e segue pela rua em direção à cidade. Ele inspira profundamente, depois solta um baixo e estranho latido. Nesse momento, Rose timidamente sai das sombras e avança.

Quando ela se aproxima, o homem começa a falar com ela em um idioma desconhecido. Há palavras em inglês misturadas com francês e outras de um idioma que você nunca ouviu. Ele parece irritado. Bate furiosamente o dedo em um papel. Então, ele pronuncia algumas palavras que você *entende*:

— Meadow Way, 320.

Mina e Elton olham surpresos para você. É o seu endereço!

Se decidir se aproximar e perguntar ao homem o que ele quer na Meadow Way, 320, vá para a próxima página.

Se optar por ficar quieto e ver o que Rose e o visitante desconhecido farão, vá para a página 100.

— Espere! — você grita, saindo das sombras para se aproximar de Rose e do desconhecido. — O número 320 da Meadow Way é a minha casa, é onde eu moro.

Rose, que já é pálida, fica ainda mais branca. O homem examina você.

— Então, você é o amigo de correspondência de Samosa Desjardine? — ele pergunta.

— Sim, sou eu! — você responde e se vira para Rose. — Como você sabe? Você é...?

— Sim, sou a Sam. Eu era conhecida como Samosa e você era meu amigo de correspondência — ela diz timidamente. E olha para os pés, como se não soubesse mais o que dizer.

Mina e Elton arfam.

— Por que você diz ser Rose Laplante? — você pergunta.

— E quem é você? — questiona ao homem.

— Pode me chamar de sr. Samedi — responde ele. — Estou aqui para tratar de assuntos importantes. Você precisa levar minha amiga para sua casa para protegê-la, enquanto eu cuido da bagagem e de outros assuntos.

— Não entendo — você diz. — Que outros assuntos? E por que Sam precisa de proteção?

— Só faça o que eu digo — o homem fala. Então pega sua pequena mala e se afasta.

Vá para a próxima página.

64

— Aonde você vai? — você grita.

— Estou hospedado no Hotel Old Mill. Você pode me encontrar lá, se tiverem algum problema — ele responde. — Agora, por favor, leve a pequena Sam para a Meadow Way, 320.

Por que o nome Samedi não lhe é estranho? Toda essa situação é muito confusa.

Um táxi encosta, o homem alto chamado Samedi entra e diz:

— Fiquem longe de problemas, entenderam? Manterei contato.

O táxi se afasta e segue pela Chestnut Street na direção do Hotel Old Mill.

Se você levar Sam para sua casa, na Meadow Way, 320, vá para a próxima página.

Se decidir seguir o sr. Samedi até o Hotel Old Mill, vá para a página 91.

Você observa o sr. Samedi se afastar. Então se volta para Sam e seus amigos.

— Está ficando tarde. Acho que a gente devia pegar um táxi — você diz.

— Boa ideia — Mina e Elton concordam. — É melhor irmos para casa. Vocês podem deixar a gente no caminho.

Você nunca pegou um táxi em Pointy Hill, mas sente que é a coisa certa a fazer. Como num passe de mágica, os faróis de um carro iluminam a plataforma. Um táxi para perto de onde você está com Samosa, Mina e Elton.

— Que estranho — você diz. — Você quer pegar um táxi e ele simplesmente aparece.

Vá para a próxima página.

Mas o táxi é meio sinistro. É roxo com raios amarelos nas portas. Pompons verdes pendem do teto. Você se pergunta se é seguro, mas precisa de um táxi. E não há muitos deles à noite em Pointy Hill.

— Precisa de uma carona? — o motorista pergunta, espiando pela janela. Você nota diversos fios com contas pendurados no retrovisor, além de uma coisa estranha que parecem ossos de galinha presos a um barbante.

Esse táxi é diferente de qualquer outro que você já tenha visto. Você nota que Sam parece desconfiada também.

Se decidir que não há problemas em pegar o táxi para chegar logo em casa, vá para a próxima página.

Se achar que o táxi é estranho demais e se oferecer para chamar outro, vá para a página 88.

Você dá boa-noite a Mina e Elton, que decidiram ir caminhando, e entra no táxi roxo. Assim que a porta é fechada, o motorista arranca.

— Você não quer meu endereço? — você pergunta.

— É Meadow Way, 320, certo? — o motorista responde.

— Sim — você confirma.

Que esquisito. Apesar de a maioria das pessoas de Pointy Hill se conhecerem, você nunca viu esse motorista antes. Sam parece assustada.

— O que foi? — você sussurra.

— Nada — ela diz. — É só que em um dos meus sonhos tinha um táxi e... — ela para de falar. — Não é nada.

O carro entra na Sunny Way. Você vê um homem do lado de fora segurando uma pistola de pregos. Ele caminha de modo rígido, trombando nas coisas. Por um instante, você poderia jurar que se trata de seu antigo professor de carpintaria, o sr. Angel. Mas ele morreu em um acidente com uma serra há alguns dias.

Não pode ser o sr. Angel. Que estranho.

— Preciso da sua ajuda — Sam diz de repente.

— Claro — você responde. — O que foi?

Vá para a próxima página.

— Eu estou menos viva do que antes — Sam sussurra. Ela lança um olhar furtivo para o motorista, mas ele começou a ouvir música e ignora vocês. — Minha pele ficou pálida e sinto frio o tempo todo, o calor sumiu das minhas mãos. Sou um trapo ambulante. Essa conversa começa a incomodá-lo. Talvez Sam tenha algum problema incurável de saúde ou esteja morrendo.

— Você parece meio desanimada — você diz —, mas vou ajudar, se puder.

— Sim, eu estou desanimada — ela concorda. — O que vou lhe contar pode parecer inacreditável. Mas, por favor, não ria de mim.

— Não vou rir — você diz com sinceridade. — Prometo.

— Eu perdi minha alma — ela fala.

— Como assim, sua alma?

— A essência vital em mim — diz ela. — Mary Brown é uma mulher má. Ela roubou minha alma, minha identidade, para seu próprio poder. Ela é uma *bokor* diabólica. Enquanto ela tiver minha alma, pode me controlar. Preciso encontrá-la e tomá-la de volta. É por isso que eu preciso da sua ajuda.

— Estou meio confuso — você diz. — Mary Brown, a professora de educação física, roubou sua alma? O que é uma *bokor*?

Vá para a página 70.

O táxi cruza uma ponte de pedra até a Cemetery Lane. O caminho é irregular, e você ouve o rio Sticks correndo sob a ponte. O motorista aumenta o volume do rádio em uma música do Outkast. Está tão alta que a bonequinha sobre o painel do carro balança.

Você olha ao redor, pela janela.

— Espere um pouco! Este não é o caminho para a Meadow Way — você diz.

O motorista deixa a rua esburacada e para em uma área de descanso.

— O homem que vocês querem encontrar vai estar aqui em alguns minutos — ele diz.

— A gente não quer encontrar ninguém, muito menos aqui — você responde. — O que está acontecendo?

— Sou só o motorista — o taxista fala. — Fui pago para atravessar o rio com vocês. Não pedi detalhes, não quero saber agora. A boa notícia é que a corrida já está paga, inclusive a gorjeta.

— Quem é você? — Sam pergunta.

— Como eu disse, sou seu motorista. Se quiser um nome, pode me chamar de Bobby. Bobby Charon.

Samosa se inclina e sussurra em seu ouvido.

— Precisamos sair daqui agora — ela diz. — É um assunto muito sério. Mary Brown é muito poderosa.

Vá para a próxima página.

Você não entende o que está acontecendo, mas sente que Sam tem razão. Você precisa tomar uma decisão, talvez uma decisão de vida ou morte.

Se você e Samosa decidirem sair do táxi e ir ao bosque de bordos atrás do cemitério de Pointy Hill, vá para a próxima página.

Se quiser permanecer no táxi para encontrar o desconhecido, vá para a página 103.

Vocês abrem a porta de trás do táxi e se apressam até o bosque de bordos ali perto. Bobby Charon está batendo no volante ao ritmo da música e não ouve vocês.

— Certo. Me diz o que está acontecendo, Sam — você sussurra assim que saem de perto dele.

— Quer saber a verdade? Parece maluquice, mas acho que sou um zumbi — ela responde.

— Para com isso. Zumbis só existem em livros e filmes!

— Talvez na sua cultura, mas na minha eles existem. Sinto que posso ser um. Uma *bokor* muito poderosa mexeu com a minha alma e eu posso sentir que ela foi roubada — Sam diz categoricamente.

— Não entendo essa coisa de *bokor* — você diz.

— O *bokor* pratica magia negra, que algumas pessoas chamam de vodu — Sam explica. — Ele utiliza pós feitos com plantas secas e animais em seus rituais. A mistura usada em mim tinha a pele de uma rã do Haiti.

Vá para a próxima página.

— Alguém salpicou essa mistura em você e roubou sua alma com isso? — você pergunta.

— É mais complexo do que isso. Minha carne foi aberta e a pele arranhada para que a poção funcionasse. Havia velas e músicas. A *bokor* disse que isso me curaria do meu medo de morrer, mas fez muito mais que isso — Sam diz.

— Espera. Foi sobre isso que você escreveu na sua última carta? Que a Mammaw levaria você a um *bokor* pouco antes do Katrina? — você questiona. De repente, todas as peças se encaixam.

Antes de Sam responder, você ouve vozes vindo da direção do táxi. Bobby Charon está falando com uma mulher. Você não entende a conversa, mas ela parece furiosa, e a voz lhe soa familiar. Abaixados, vocês seguem adiante. A lua está cheia, brilhante e lança uma piscina de luz sobre o táxi. Charon ergue as mãos e dá de ombros. A mulher está de costas e você não consegue ver o rosto dela, mas reconheceria sua figura em qualquer lugar.

— É a Mary Louca! Nossa professora de educação física. O que ela está fazendo aqui? — você sussurra para Sam.

Vá para a próxima página.

74

— Ela é a *bokor* — diz Sam, com os olhos marejados.

— Nossa professora de educação física é uma feiticeira do vodu? — você pergunta.

— Não só isso. Quando a Mammaw desapareceu durante as inundações, a Mary me levou embora. Ela diz às pessoas que me adotou, mas é mentira — Sam acrescenta. Uma rajada de vento balança as árvores e uma nuvem cobre a lua enquanto Bobby Charon volta para o táxi.

— É para isso que o sr. Samedi está aqui? Para te ajudar? — você pergunta.

Sam assente de maneira intensa.

— Vai ter um confronto. A magia dele é muito forte, mais que a da Mary Louca. Eu espero.

Você espera? Nossa.

Mary Brown se vira e encara os bordos atrás dos quais vocês se escondem. Ela espia na mata e vocês se agacham ainda mais. Depois de olhar na sua direção por vários segundos, Mary murmura um estranho feitiço. Parece o idioma usado por Sam e pelo sr. Samedi na estação. Você não entende uma única palavra. Então, Mary Louca entra no táxi e o veículo parte. Você observa enquanto Bobby Charon atravessa o rio.

— A gente precisa ir para casa, para a sua segurança — você diz, olhando para a sua amiga.

Vá para a próxima página.

Mas Sam caiu em um tipo de transe.

— Bonokonobonokonono — ela entoa. De repente, salta e corre atrás do táxi.

— Sam! Para! — você grita, se apressando atrás dela.

Você espera que Bobby Charon não olhe pelo espelho retrovisor.

Se você decidir que precisa correr atrás de Sam e seguir o táxi que leva Mary Louca, vá para a próxima página.

Se achar que precisa fazer o possível para impedir Sam de seguir a *bokor* e que tem de pedir ajuda, vá para a página 80.

76

Você dá um pulo e segue Sam, que está correndo feito doida atrás do táxi que leva Mary Louca. Mas nenhum de vocês consegue correr tão rápido quanto o carro. Quando chegam ao outro lado da ponte, o táxi já desapareceu. Sam fita a noite escura, com lágrimas rolando pelo rosto.

— Você tem certeza que quer ir atrás da Mary Louca? — você pergunta.

Sam balança a cabeça.

— Não quero ir atrás dela. Mas esse é o problema de ser um zumbi, eu não tenho escolha. A *bokor* me controla. E ela lançou um feitiço quando estávamos no bosque. Agora tenho que segui-la.

— Você sabe para onde ela foi? Consegue sentir isso também? — você pergunta e espreita a noite.

Sam faz uma pausa e balança a cabeça.

— Não sei dizer, mas devemos começar a procurar — diz ela.

— Bom, Bobby Charon tem um táxi, e só há uma empresa de táxi em Pointy Hill — você diz. — Vamos começar por lá.

Vocês caminham de volta para a cidade e localizam a Run Down Town, companhia de táxi. O atendente está dormindo na mesa.

Você tosse alto, mas ele não acorda, então você lhe dá um chacoalhão.

— Sr. Hogg, acorda.

Uá para a próxima página.

O sr. Hogg bufa ao acordar no meio de um ronco.

— O que... O dinheiro está na minha gaveta de meias, querida...

— Acorda, sr. Hogg — você repete.

O homem fica de pé com um pulo e, como se fosse cego, grita:

— Quem é, quem está aí?

— Sou eu, sr. Hogg — você diz —, e minha amiga Sam.

— O que você quer? — pergunta o sr. Hogg. — Está tarde, precisa de um táxi?

— Não, estamos procurando um de seus motoristas — você diz. — O nome dele é Bobby Charon.

— Não temos nenhum motorista com esse nome — ele anuncia, segurando uma prancheta. — Você tem o número do táxi?

— Não.

— Então, não posso ajudar. Você pode dar uma olhada lá fora, se quiser — ele acrescenta.

Ao sair do prédio, você avista um táxi escuro estacionado perto da cerca.

— Ali — Sam diz. — Olha o adesivo no para-choque.

Além da pintura maluca, você nota que o táxi de Bobby tem um adesivo no qual se lê: "Zumbis também são gente".

Mas alguém riscou a palavra "são" e escreveu "foram". Agora, o adesivo está assim: "Zumbis também ~~são~~ foram gente".

Vá para a próxima página.

Vocês dão uma olhada dentro do táxi, mas ele está vazio. Então, um som baixinho, o chiado de um rato, chama atenção. O animal está de pé sobre as patas traseiras no banco do motorista.

— Minha nossa! — diz Sam. — A Mary ficou muito louca. Ela transformou Bobby Charon em um rato.

— Não pode ser o Bobby — você diz. Mas, pelo modo como o rato olha para você e balança a patinha na sua direção, você acha que pode estar enganado. — Como ela fez isso?

Sam pega o rato e dá de ombros.

— Mais um poder de *bokor*, mudar a forma das coisas. Coitadinho do Bobby, nós vamos cuidar de você.

— Ei, crianças, saiam já desse táxi — o sr. Hogg está olhando da janela do escritório.

Sam passa o rato para você.

— Ai! — você grita. — Bobby Charon, o rato, acabou de me morder!

Sam arregala os olhos.

— Tem certeza? Isso não é bom.

Logo que Sam diz isso, você sente um estranho formigamento por todo o corpo.

— Por quê? — você pergunta. — O que pode acontecer?

Vá para a próxima página.

Você ouve o grasnado de um corvo no céu. Estranho, você pensa, ouvir um corvo tão tarde da noite. A canção "Blackbird", dos Beatles, dispara pela sua mente.

Você se vira para perguntar a Sam se ela conhece a música, mas ela não está ali. Há um enorme cão preto no lugar dela. Alguém levanta você e o coloca em um espaço escuro e apertado. Você não está nada confortável e tem dificuldade de respirar. Onde você está? Cadê a Sam?

Finalmente, vocês param. Alguém o pega e o coloca no chão. Você estava dentro do bolso de alguém? Você inspira profundamente, e o cheiro de menta é forte. O ar noturno está tomado de sons. Você olha ao redor. Em pouco tempo, as asclépias vão se abrir, espalhando belos fiozinhos brancos. E as folhas já estão se tornando alaranjadas, vermelhas e amarelas. A vida à margem do rio não poderia ser mais bela.

Os insetos são abundantes, mesmo com a chegada do inverno. À noite, você adormece ao som do rio revirando as pedras em seu leito. De pé em uma vitória-régia, você estufa o peito, olha para a lua e entoa uma canção.

— Sapo-cururu na beira do rio...

— Você pode calar a boca, por favor? — Bobby Charon, o rato, pede. — Apenas fique quieto.

FIM

Você corre atrás de Sam e a alcança do outro lado da ponte. O táxi desapareceu. Lágrimas escorrem pelo rosto da garota.

— Sam — você diz —, não sei muito sobre o que está acontecendo. Mas uma coisa eu sei: você precisa ficar longe da Mary Louca. O sr. Samedi me disse para proteger você, então vamos para a casa da Mina. Ela mora aqui perto. Vamos tentar entender tudo quando chegarmos lá.

Sam assente, mas o segue com relutância.

Vocês pegam um atalho pelo cemitério até a casa de Mina. Quando chegam lá, todas as luzes estão apagadas.

— O que vamos fazer? — Sam pergunta.

— Me siga — você responde. — Conheço uma entrada secreta pela varanda.

Você segue um feixe de luz da lua até o fundo da casa. Na varanda, encontra o painel secreto, abaixa a alavanca e a porta se abre.

— Como mágica — você diz.

Em uma pequena parte da sala há uma estante, e, quando você puxa uma trava oculta, ela se abre e revela o quarto de Mina.

Vá para a próxima página.

— O que está acontecendo? — pergunta Mina, de pijama e com uma lanterna voltada para vocês.

— A gente precisa se esconder por um tempo — você sussurra. — É sério. A Mary Louca, nossa professora de educação física, roubou a alma da Sam.

— Ela finge ser professora de educação física, mas na verdade é uma *bokor*, uma feiticeira do vodu — Sam chora.

— Então, você é mesmo um zumbi? Minha nossa! — Mina exclama.

Você conta rapidamente a Mina os principais pontos da história de Sam.

— Que horror — Mina diz.

— É. Não é legal ser morta-viva — Sam concorda ao se jogar em uma cadeira.

— Você pode transformar a gente em zumbi? — Há certo receio na voz de Mina.

— Acho que sim. Se eu morder vocês, o veneno de zumbi no meu corpo pode transformar vocês. Não tenho certeza.

— Mas você não nos morderia, certo? — pergunta Mina.

— Ah, não — Sam responde. — Não, não, não, a menos que...

— A menos que o quê? — Mina se aflige.

Vá para a próxima página.

— Que a Mary Louca me obrigue — diz Sam. — Quando eu durmo, ela assume o controle e pode me obrigar a fazer qualquer coisa. É por isso que preciso da minha alma de volta.

— E onde ela guarda? — pergunta Mina. — A sua alma?

— Com muitas outras, em uma garrafa térmica que ela esconde.

— Mas, quando você encontrar a garrafa, como vai recuperar sua alma? — você pergunta.

— É por isso que Wonder Samedi está aqui — responde ela. — Ele sabe o que fazer.

Algo farfalha do lado de fora, como as asas de aves alçando voo. Mina faz um gesto para que vocês se calem.

Tem gente sussurrando lá fora.

Vá para a próxima página.

Sam arregala os olhos e suas mãos tremem descontroladamente.

— Receio que seja a *bokor* Brown.

— Tem outra pessoa com ela — Mina diz.

— O homenzinho — diz Sam. — Ele estava com ela em New Orleans. O homenzinho de óculos grandes. Ela o chamou de professor Gagá.

— Gagá! — Mina exclama.

O tremor de Sam se torna violento. Ela revira os olhos, suas pernas enrijecem, ela se move em um transe lento pelo quarto.

— Bokononobokononobokono — ela entoa.

Vá para a próxima página.

84

— Parece que ela está falando em línguas — diz Mina. — Precisamos levá-la ao hospital.

— Espera — você diz.

Há outro barulho lá fora, agora de um carro estacionando. O farol ilumina as cortinas da janela. Alguém sai e, em seguida, você ouve uma briga.

Se quiser tentar levar Sam ao médico saindo pela passagem secreta, vá para a próxima página.

Se decidir sair para ver o que está acontecendo, vá para a página 106.

— Precisamos conseguir ajuda para Sam — você diz.

— Certo — concorda Mina. — Vá pela passagem secreta. Eu fico aqui tentando distrair quem é que esteja lá fora.

— Tome cuidado — você avisa sua amiga.

Você agarra um casaco para jogar sobre Sam, na tentativa de acalmá-la. Quando você se vira, Sam não é mais a mesma. Ela caminha na sua direção com os braços esticados e os lábios recolhidos de sobre os dentes. Os olhos estão vazios, como dois globos brancos.

— Acho que estamos em apuros — você diz, pouco antes de ela te alcançar. — Ai — grita —, você me mordeu!

Sam cai no chão, soltando os dentes do seu braço esquerdo.

— Isso doeu muito — você diz, dando uma olhada no ferimento.

Mina olha para você e então para a mordida.

— Você está bem?

— Tudo bem — você diz.

— Cérebro — murmura Sam.

Nesse instante, vocês ouvem uma forte batida na porta da frente.

— Vocês dois precisam de um médico agora — diz Mina.

— Saiam pelos fundos. Vou atender a porta antes que eles acordem meus pais.

Ela agarra o roupão e sai.

Vá para a próxima página.

Você pega Sam no colo, abre o painel secreto e cai na noite. Sam é bem pesada. Um chiado vem do bolso dela. *Que diabos é isso?* Vocês sobem a rua de Mina, na direção do hospital de Pointy Hill. Você está vivendo uma aventura: conheceu sua antiga amiga de correspondência, descobriu que ela é um zumbi e levou uma mordida.

No fim da rua, você decide cortar caminho pelo pomar de Hackett para chegar mais depressa ao pronto-socorro. Então, nota que Sam está muito mais leve, não pesa mais que um livro. Você olha para o próprio braço e percebe que a mordida cicatrizou.

Isso é impossível, ela me mordeu há dez minutos.

Toda essa agitação lhe deu um pouco de fome. *Engraçado, tudo o que eu quero é um prato de cérebro.* Você decide fazer uma pausa para descansar. Olha para Sam; ela está acordada, sorrindo para você.

— Queria comer alguma coisa — você diz.

— Sim. Você é um dos nossos agora, um morto-vivo.

— Ainda estou com fome — você responde.

Vá para a próxima página.

— De cérebro?

— É. Nunca comi, mas de repente parece delicioso — você responde. — Vamos para a casa do Elton. Ele mora aqui perto.

A risada de Sam assusta os pássaros, que voam no céu noturno marcado pela enorme lua.

— Nunca mais seremos os mesmos — você diz.

— Não é lindo pensar nisso? — responde Sam.

FIM

88

— Obrigado — você diz ao taxista. — Minha mãe vai chegar a qualquer minuto. Não precisamos de carona.

— Vocês que sabem — ele dá de ombros.

O taxista se afasta lentamente, lhe lançando um estranho olhar pelo retrovisor.

— Por que você disse que sua mãe viria? — pergunta Mina.

— Aquele táxi não me pareceu legal — você diz. — E o cara me deu medo. Olha lá, mais um.

O táxi seguinte parece normal, é guiado pela mãe de um amigo. Você e Sam deixam Mina e Elton em casa e vão para sua casa dormir. Quando chegam lá, seus pais não estão.

— Não se preocupe. Você pode dormir no quarto de hóspedes — diz você. — Vou deixar um bilhete para os meus pais.

Você tenta disfarçar um bocejo. Já é tarde e suas pálpebras estão pesadas, o cansaço é grande.

— Vamos dormir? — pergunta Sam. Ela parece assustada.

— Sim. Não se preocupe com a Mary Louca, ela é só uma professora de educação física. Pode ser má, mas não acredito que seja capaz de machucar alguém.

— Ela sabe onde você mora? — pergunta Sam.

— A cidade é pequena, ela sabe onde eu moro, mas não sabe que estamos juntos.

Vá para a próxima página.

— Espero que você tenha razão — Sam diz.

— Pode confiar em mim.

Quando Sam vai se deitar no quarto de hóspedes, você sabe que precisa tomar uma decisão. Não consegue parar de pensar no que aconteceu. Ainda tem perguntas a respeito do homem chamado sr. Samedi. Você se pergunta se ele é uma ameaça para você...

Se preferir ficar em casa e dar um telefonema, vá para a próxima página.

Se quiser sair para procurar o sr. Samedi, vá para a página 91.

Quando tem certeza de que Sam está dormindo no quarto de hóspedes, você se certifica de que a casa toda esteja trancada. Checa as janelas e as portas e fecha as cortinas. Venta muito lá fora. Mais acima na rua, no cemitério, um pássaro preto grasna.

Você vai até a mesa no escritório do seu pai, pega o telefone e disca o número que já discou tantas vezes. Você não consegue se controlar; não quer fazer isso, mas é mais forte que você. Ouve a linha dar sinal de chamada, e então um clique, uma respiração lenta e alguém diz:

— Sim? — a voz é grave.

— Mary — você diz.

— Pode me chamar de sra. Brown.

— Sra. Brown, ela dormiu.

FIM

Você pede a Mina que cuide de Sam e promete telefonar mais tarde. Então, resolve ir até o sr. Samedi para investigar. Dez minutos e uma corrida de táxi depois, você está diante do Hotel Old Mill. As luzes estão acesas na sala de estar do piso térreo. A maioria dos quartos nos andares superiores está escura. Em um deles, no primeiro andar, perto dos fundos, uma luz está acesa.

Você sobe os degraus até a porta do hotel e dá uma espiada nas áreas comuns. Apesar de uma pequena lareira estar acesa, ninguém está aproveitando seu calor.

Dizem que esse hotel é assombrado. De vez em quando, um hóspede vê um homem levando um porco para passear na coleira. Outro boato é de que existe um tesouro escondido ali. Dizem que, quando funcionava um moinho onde hoje é o hotel, o dono — muito mesquinho — escondeu uma fortuna em moedas de ouro em algum lugar por ali.

E agora você está diante do prédio, tentando descobrir quem é o estranho sr. Samedi. E também se Sam é mesmo um zumbi.

Você vê algo se mover nos arbustos atrás do hotel. Pode ser só o vento. O caminho até os fundos é pontilhado de gnomos de argila. Pelo menos você acha que são gnomos, apesar de parecerem anões.

Uá para a próxima página.

— O que você acha? Gnomos ou anões? — alguém pergunta em um sussurro baixo.

— Sam! Que susto! — você grita quando ela surge dos arbustos. — O que está fazendo aqui?

— Estava com medo de ficar sozinha. Você sabe qual é o quarto do sr. Samedi?

— Bom, você me assustou. Não faça mais isso — você a alerta.

— É isso que os zumbis fazem. Assustamos as pessoas. Talvez o quarto dos fundos com a luz acesa?

— Acho que sim. Vem comigo.

Vocês dois se movem como sombras. As janelas do velho hotel são distantes do chão.

— Vamos ter que subir em alguma coisa — você diz.

Sam sai dali por um instante e volta com uma grande caixa de plástico. Ela pode ser um zumbi, mas é esperta.

Ao espiar dentro do quarto, vocês veem o corpo esquelético do sr. Samedi. Ele penteia os cabelos negros e lustrosos para trás, então pega uma capa preta e a joga sobre os ombros. A capa tem capuz, e você observa quando ele o veste, escondendo o rosto.

— O que ele está fazendo? — pergunta Sam.

Vá para a página 94.

94

— Parece que ele está se fantasiando para o Dia das Bruxas e vai sair vestido de Dona Morte — você responde.

Quando vocês se viram de novo para a janela, o quarto está vazio. Então, vocês descem da caixa.

— Ele se foi — você diz.

— Para onde você acha que ele vai? — pergunta Sam.

— Não sei. Podemos segui-lo.

— Ou podemos esperar até ele sair do hotel e então vasculhar o quarto — diz Sam.

De repente, ela parece diferente, menos assustada.

Se decidir vasculhar o quarto para ver o que pode encontrar, vá para a próxima página.

Se quiser seguir o sr. Samedi, vá para a página 101.

Você e Sam decidem vasculhar o quarto do sr. Samedi. A noite se tornou sinistra e a tempestade voltou. Nuvens cobrem a lua e as estrelas. A distância, você ouve o som de trovões, raios ligam a terra ao céu com descargas de energia. A eletricidade ressoa no ar.

Vocês se esgueiram para dentro do hotel. Em algum lugar por ali, um dorminhoco ronca feliz. O gato do lugar se esfrega em sua perna, arqueando as costas, se espreguiçando à meia--noite.

— Como a gente vai encontrar o quarto dele? — pergunta Sam.

— Fica nos fundos, eu acho. Não sabia que este hotel era tão grande.

Vocês escutam atentamente diante de várias portas no corredor que leva aos fundos da construção.

— Este quarto está quieto — você diz. — Deve ser o dele.

Você força a maçaneta. Ela gira em sua mão. A porta se abre e vocês entram no quarto.

— Precisamos ter cuidado para não tirar nada do lugar — você diz. — Ele não pode saber que viemos xeretar.

Sam abre a porta do armário.

— Veja isto — ela parece surpresa.

— O quê?

Vá para a página 98.

96

— Vamos para a casa do sr. Angel — diz Elton. — Quero ver a cara da sra. Angel quando vir o marido voltando dos mortos.

— Muito engraçado, Elton — comenta Mina.

Vocês seguem nessa direção. Mas, quando chegam à casa com uma placa no gramado na qual se lê "Residência dos Angel", e outra perto da campainha que diz "Onde nenhum anjo teme pisar", não há sinal do Volvo. Você toca a campainha mesmo assim.

Uma mulher de terno cor-de-rosa se aproxima da porta.

— Posso ajudar? — ela pergunta.

— Hã... hã... nós... — você começa.

— Estávamos apenas procurando... — Mina complementa.

— Gostaríamos de saber se, por acaso, a senhora viu seu marido morto andando por aqui recentemente. Acreditamos que um dos professores da escola o ressuscitou — Elton solta de repente.

A sra. Angel sorri de modo simpático.

— Não, não o vi nos últimos tempos — ela diz, puxando uma arma. — Vocês são o segundo grupo de espertinhos que passam aqui esta semana. O próximo vai levar bala. Avisem seus amigos. Agora, sumam daqui!

FIM

98

O armário está cheio de vestidos largos com estampa floral.

— Muito estranho — você concorda. — Talvez sejam usados em algum tipo de cerimônia vodu.

— E isto? — Sam segura um copo de água com uma dentadura dentro.

— Será que estamos lidando com vampiros também? Vocês riem.

— Acho que podemos estar no quarto errado — diz Sam.

— Ops — você ri.

Nesse instante, a porta se abre e uma mulher gorda de roupão, cheia de bobes nos cabelos, entra.

— SOCORRO! — ela grita. — Alguém me ajude! Tem ladrões no meu quarto!

— Espera, nós não somos ladrões — você diz.

— É! — Sam concorda. — Não somos ladrões.

— Eles pegaram meus dentes — a mulher grita. — Me ajudem!

Você olha para Sam.

— Talvez seja melhor você devolver o copo.

Ela coloca o copo de volta no criado-mudo ao lado da cama.

— Pensei que você tinha dito que este era o quarto do sr. Samedi — diz Sam.

— Eu devo ter me enganado — você responde. — Acho melhor a gente correr, antes que a polícia chegue.

Uá para a próxima página.

Vocês tentam sair pela janela, mas não conseguem. O gerente pega vocês e os tranca no escritório. Você ouve quando ele diz:

— Sim, são garotos, provavelmente procurando o tesouro perdido. Sim, sim, assustaram muito a sra. Klump. Vamos segurá-los aqui até vocês chegarem.

Ele chamou a polícia! Mas, quando os policiais chegam ao Hotel Old Mill, não acreditam em uma única palavra do que vocês dizem. Você e Sam esperam na cadeia de Pointy Hill até a chegada de seus pais, que pagam a fiança e os levam para casa. Seu pai não parece muito feliz.

Assim que vocês estão dentro do carro, ele se vira e diz:

— É melhor terem uma boa desculpa para isso. E quero que comecem a explicar do início.

FIM

100

Você, Mina e Elton trocam um olhar assustado.

— Quem é ele? — pergunta Mina. — E como ele sabe seu endereço?

— Não sei — você diz. — Vamos ver o que ele faz.

O estranho discute com Rose no idioma desconhecido por mais um minuto. Ele chama um táxi e, relutantemente, Rose entra depois dele. O táxi parte na direção de onde você mora, mas logo desaparece de vista.

Você demora vinte minutos para chegar em casa, e não há sinal de Rose. No dia seguinte, decide telefonar para ela, mas ninguém atende. Quando volta à escola depois do recesso do outono, a professora avisa que Rose Laplante saiu da Dragonfly por motivos particulares.

Você nunca mais a vê, mas sempre pensa nela e tenta imaginar o que teria acontecido se tivesse tomado uma decisão diferente naquela noite na estação.

FIM

Você e Sam decidem seguir Samedi pela noite. Vocês dão a volta no Old Mill a tempo de vê-lo dobrar a esquina. Correm atrás dele e se mantêm a uma distância segura, de mais ou menos cinquenta metros, na penumbra. Ele caminha determinado, como se conhecesse Pointy Hill como a palma da mão. Ele atravessa o centro da cidade, sobe a Sunny Way e entra na Cemetery Lane.

— Ele está com pressa — você diz.

Sam corre ao seu lado para manter o ritmo.

Há um desvio na pista conforme a Cemetery Lane segue em direção ao rio. Quando você faz o desvio, percebe que o sr. Samedi desapareceu. Onde você esperava que ele estivesse, há um lobo cinza. O lobo corre e de repente entra na mata do outro lado do rio.

— Aonde ele foi? — você pergunta, parando e olhando em todas as direções. Não há mais ninguém à vista.

— Para a mata — diz Sam. Ela aponta para o lobo que desapareceu. — Para encontrar uma parceira.

— Aquele é o sr. Samedi? — você pergunta. — Ele se transformou em lobo?

Vá para a próxima página.

102

Sam assente. De certo modo, você tem dificuldade de acreditar no que acabou de ver. Mas, como não há mais nada que você possa fazer e está ficando tarde, você leva Sam para casa para "protegê-la", como o sr. Samedi pediu.

Samedi não retorna da floresta. Por fim, os poucos pertences que estão no quarto do Hotel Old Mill são entregues para doação — tudo menos uma sacola de plástico cheia de ervas e pós. Isso vai para o lixo.

Você não tem certeza se existe alguma relação, mas, na segunda-feira seguinte, na escola, avisam que Mary Brown desapareceu. Vários meses depois, seu desaparecimento continua um mistério. Desde aquela primeira noite, Sam continuou na sua casa, no quarto de hóspedes. Aos poucos, ela se tornou parte da família, e seus pais até falam em adoção.

Apesar de o comportamento de Sam ter sido estranho no início, aos poucos ela relaxou. Está menos pálida e confusa. Até come carne cozida em vez de crua, como queria no começo. Como Elton diz, ela não parece mais um zumbi, nem age como tal.

E isso é bom.

FIM

— Ninguém pode nos ferir aqui no táxi — você diz a Sam. — Vamos trancar as portas.

Você está fazendo exatamente isso quando uma grande figura passa pelo campo. É sua professora de educação física, Mary Brown.

— Veja! É a sra. Brown! — você diz a Sam. — Vai ficar tudo bem.

— Não, não vai — diz Sam. Ela se abaixa dentro do carro e cobre a cabeça com a blusa. — Ela é má. Ela é a *bokor*.

— A *bokor*?! — você grita.

Mas é tarde demais. Mary Brown se inclina para dentro da janela do táxi. Ela abre um largo sorriso e atira um pó amarelo no seu rosto. É a última coisa de que você se lembra.

Vá para a próxima página.

Você acorda de manhã na sua própria cama e olha ao redor. Toda aquela história com sua amiga de correspondência, a Sam, foi um sonho? Você não lembra como chegou em casa na noite anterior. Você liga para Elton, depois para Mina, para saber o que eles têm a dizer sobre a noite de ontem.

— Não sei do que você está falando — diz Elton.

— Você provavelmente comeu demais antes de dormir — diz Mina. Ela não se lembra da busca por Rose Laplante, muito menos de uma garota chamada Samosa Desjardine.

Na mesa do café da manhã, você vê o jornal em cima do balcão. A manchete é:

Partida repentina da professora de educação física
pega a Escola Dragonfly de surpresa

Vá para a próxima página.

Você pega o jornal e lê a notícia. Um parágrafo chama sua atenção.

"Pouco antes do recesso escolar, Mary Brown anunciou que ela e a família voltariam para a Louisiana e que por isso não retomaria seu cargo de professora de educação física. Ela acreditava que sua filha, Rose, uma adolescente extremamente tímida, estava sendo perseguida pelos alunos da Dragonfly. Segundo ela, vários alunos estavam espalhando boatos de que Rose era um zumbi, por incrível que pareça. Brown afirma ter ficado surpresa com a maldade dos adolescentes, além da 'falta de conhecimento deles sobre outras culturas'."

Você deixa o jornal de lado. Apesar de Rose se parecer um pouco com sua amiga de correspondência, Sam, é provável que seja uma pessoa completamente diferente.

Sua ex-professora de educação física, a sra. Brown, tem razão. Às vezes os adolescentes sabem ser muito estúpidos e muito malvados.

FIM

Os barulhos de briga do lado de fora ficam mais altos.

— É melhor darmos uma olhada, Mina, antes que eles acordem o bairro todo — você diz. — Sam, fique aqui, está bem? A gente volta logo.

Sam continua a entoar aquele som quando vocês saem pela porta. Os pais de Mina acordaram com o barulho e descem a escada de roupão. Vocês quatro correm lá para fora a tempo de ver algo incrível. O homem alto e estranho da estação de trem, sr. Samedi, está atracado com a professora de educação física, Mary Brown, e grita:

— Liberte a alma daquela pobre garota ou você vai se ver comigo!

Você vê seu professor de ciências, Ralph Samuels, também conhecido como professor Gagá, pulando e dizendo:

— Parem, por favor! Parem de uma vez.

O pai de Mina se vira para vocês e diz:

— Mina, essas pessoas são amigas suas?

Uá para a próxima página.

Antes que Mina possa responder, uma sirene da polícia se aproxima. Mary Louca e o sr. Samedi param de brigar quando alguns vizinhos partem para cima deles e os separam. A polícia prende todo mundo e os conduz para a delegacia. Ou para o "xilindró", como diz o pai de Mina.

Na manhã seguinte, a polícia tem resposta para tudo, menos para a incrível transformação de Mary Brown em um labrador preto dentro da cela, diante de todos.

Parece que Samedi é mesmo um poderoso *bokor*.

FIM

{ TESTE }

Você viveu uma divertida aventura com seus amigos em busca do zumbi ou caiu nas garras da *bokor* maligna? O que importa mesmo é saber quanto você aprendeu ao longo do caminho!

1) O que o sr. Angel ensinava na sua escola?
   a. Música
   b. Biologia
   c. Carpintaria
   d. Educação física

2) Que avanço científico o professor Gagá acha que descobriu?
   a. Aromas paradisíacos
   b. Um soro de ressuscitação
   c. Um abridor de garagem automático
   d. A dança do Frankenstein

3) De que crime você é acusado depois da caça ao zumbi?
   a. Roubo de sepulturas
   b. Roubo de um carro
   c. Invasão de propriedade
   d. Se atrasar para o jantar

4) Como a lua do lobo também é conhecida?
   a. Lua da tragédia
   b. Lua da sorte
   c. Lua dos mortos-vivos
   d. Lua do cérebro

5) Onde Mary Brown guarda as almas dos zumbis?
   a. Em um armário no ginásio
   b. Dentro de uma bola de basquete
   c. Em uma chaleira
   d. Em uma garrafa térmica

6) O que você mantém embaixo da cama para emergências?
   a. Um gongo
   b. Um ioiô
   c. Um pé de coelho
   d. Curativos

7) Além de cérebros, o que os zumbis podem comer para se manter vivos?
   a. Pássaros
   b. Neve
   c. Carne crua
   d. Feijão

8) Qual é o gosto das almas dos zumbis?
   a. Suco de repolho
   b. Bolo de carne líquido
   c. Sopa de brócolis
   d. Xarope para tosse

9) A hóspede do Hotel Old Mill acusa você e Sam de roubarem algo dela. O quê?
   a. Os dentes
   b. A peruca
   c. O cérebro
   d. A vara de condão

10) O que acontece depois que Sam morde seu braço?
   a. Ela come seu cérebro.
   b. Você sente cheiro de suco de repolho.
   c. Você come o cérebro dela.
   d. Você se torna um morto-vivo.

Respostas: 1-c. 2-b. 3-b. 4-a. 5-d. 6-b. 7-c. 8-a. 9-a. 10-d